VENINS ET VIRUS

LE CAFÉ

Par M. D'ÉPERCY

ARBOIS

IMPRIMERIE ET LITHOGRAPHIE ABRIOT

—

1880

VENINS ET VIRUS

LE CAFÉ

Par M. D'ÉPERCY

ARBOIS

IMPRIMERIE ET LITHOGRAPHIE ABRIOT

—

1880

VENINS ET VIRUS

LE CAFÉ

L'*Abeille jurassienne* du 14 mars a publié une lettre dans laquelle M. l'avocat Guyétant racontait comment il a guéri promptement et radicalement, avec 25 centilitres d'une forte infusion de café, un de ses chiens mordu par une vipère et sur le point de périr.

Personne assurément n'a mis en doute ni la sincérité du récit, ni l'exactitude des observations de M. Guyétant. Tenons donc pour constant le fait de la guérison d'un cas grave de venin par une forte infusion de café, et cherchons si l'on serait fondé à espérer le même succès en appliquant le même procédé aux divers cas de virus, notamment à celui du virus rabique.

Avant d'entrer en matière, faisons un historique très sommaire du café, en passant sous silence la légende qui a trait à sa découverte, dont la date est inconnue. On sait seulement que l'usage en était répandu dans tout l'Orient au commencement du

XVme siècle, qu'il n'a pénétré en Europe que deux siècles plus tard et n'est devenu de mode à Paris qu'en 1669. Des notabilités littéraires et la plupart des médecins l'accueillirent peu favorablement. Ceux-ci finirent par revenir sur leur première appréciation et, progressivement, reconnurent que, pris à dose convenable, le café jouissait de propriétés dont l'hygiène et la thérapeutique pouvaient tirer un bon parti.

Cette dernière appréciation des effets du café s'est, de nos jours, fort accréditée, et on croit généralement que, à l'exception de certains cas pathologiques, d'ailleurs peu nombreux, l'action de cette substance sur l'économie est des plus heureuses. Nous prions nos lecteurs de nous permettre de citer à ce sujet ce que nous disait un jour, il y a environ douze ans, un médecin d'un rare mérite, le savant et sympathique docteur Gerrier, inspecteur général des hôpitaux militaires, qu'une mort prématurée a enlevé l'année dernière à la science et à ses amis.

« On est loin de connaître, nous disait-il,
« toutes les propriétés du café et tous les
« cas morbides qu'elles peuvent guérir. On
« sait déjà qu'il neutralise l'action des

« miasmes que dégagent, soit le sol de cer-
« taines contrées marécageuses, soit les amas
« de plantes septiques que de fortes marées
« ont jetées sur le littoral où elles fermentent
« et se putréfient. On sait aussi que, depuis
« que le ministre de la guerre a prescrit l'usage
« du café à nos troupes d'Afrique, qui les
« premières en ont fait l'essai, cette mesure
« a eu immédiatement pour résultat de
« diminuer très notablement la mortalité
« parmi nos soldats et d'accroître leur vigueur,
« leur force de résistance contre les fatigues
« d'une campagne. Prise à un degré plus
« élevé de concentration de ses principes
« aromatiques, l'infusion de café est un pré-
« cieux succédané du quinquina et combat
« avec succès les fièvres intermittentes les
« plus rebelles. Appliquée à des plaies de
« mauvaise nature, elle agit comme un
« astringent et prévient, arrête ou guérit la
« gangrène. Tout n'est donc pas dit sur le
« café et je suis très persuadé que, le hasard
« venant peut-être en aide, on découvrira de
« nouveaux cas où il sera appelé à jouer
« un rôle important. »

Revenons à la lettre de M. Guyétant.

Elle soulève les trois questions suivantes,

et provoque de nouvelles expériences tendant à les résoudre.

1º En renouvelant un certain nombre de fois l'essai du procédé imaginé par M. Guyétant, obtiendrait-on invariablement le même résultat ?

2º Si les nouvelles expériences faites sur des chiens aboutissent toujours à leur guérison, l'infusion de café, appliquée à l'homme et aux autres animaux, reproduirait-elle les mêmes effets thérapeutiques ?

3º Si ces expériences démontrent que l'infusion de café agit toujours efficacement dans le cas de *venin*, serait-on fondé à espérer qu'elle agirait de même dans les cas de *virus*, et notamment dans le cas de virus rabique ?

Telles sont les questions sur lesquelles il serait fort à désirer que des expériences directes, faites avec soin et persévérance, pussent apporter une solution certaine.

Afin d'encourager à les entreprendre ces actifs et ingénieux chercheurs qui aiment à fouiller l'inconnu pour en tirer d'utiles et précieuses découvertes, essayons d'établir, à *priori* et par voie d'induction, que ces expériences seront toutes couronnées de

succès dans les cas relatifs aux deux premières questions, et qu'il en sera probablement de même pour ceux qui appartiennent
à la 3ᵐᵉ question.

En ce qui concerne la 1ʳᵉ, nous nous bor-
nerons à faire observer que, dans des conditions identiques à celles où M. Guyétant a
guéri son chien, on ne saurait admettre que
le même procédé ne reproduisît pas les
mêmes résultats. Même cause, mêmes cir-
constances, mêmes effets. Ainsi s'enchaînent
logiquement les faits. D'où guérison certaine,
par le café, de tout chien mordu par un
reptile venimeux.

Quant à la 2ᵐᵉ question, il semble tout
aussi certain qu'en appliquant à l'homme le
procédé qui aurait réussi sur des chiens, on
obtiendrait le même résultat. Et voici pour-
quoi. Chacun sait que d'innombrables expériences ont été faites sur des chiens, *in
animâ vili*, par des physiologistes, des médecins, des chirurgiens, afin d'en conclure
avec assurance, à raison des grandes analo-
gies que présentent l'économie humaine et
celle des animaux appartenant aux espèces
supérieures, que telle pratique opérée sur
des chiens reproduirait sur l'homme des

effets similaires. Il faut bien que ces déductions se soient toujours trouvées justes, puisque la Science, ce nouveau Minotaure si redoutable à la race canine, ne cesse pas de lui imposer le même tribut. Il est donc plus que probable que l'infusion de café, à un degré de concentration et à une dose convenables, produirait sur un homme, mordu par une vipère, les mêmes effets que sur un chien.

Reste la 3ᵐᵉ question, celle où l'on appliquerait l'infusion de café à des cas, non pas de *venins*, mais de *virus*, et particulièrement de virus rabique.

On est naturellement porté à croire qu'il n'y a à espérer aucune guérison de la rage. Et, en effet, tant de prétendus spécifiques, fort préconisés, ont été mis à l'essai, sans avoir produit un seul cas bien authentique de guérison, que l'on ne saurait attendre rien de mieux de tout autre procédé.

Nous voulons néanmoins montrer ici qu'en partant d'un nouvel ordre d'idées, l'espoir d'un succès n'est pas irréalisable.

Avant d'aborder ce sujet, traçons un parallèle entre les propriétés des venins et celles des virus, et entre leur mode spécial d'action sur l'économie.

Les venins sont des sécrétions naturelles et normales chez de certains animaux en état de santé ; les virus sont des sécrétions morbides et accidentelles.

De certaines plantes sont aussi naturellement vénéneuses ; des plantes septiques, en état de fermentation ou de putréfaction, dégagent des gaz qui sont le véhicule de principes virulents.

Les venins altèrent les tissus et les humeurs et laissent fonctionner l'appareil nerveux dont les perceptions se propagent normalement à l'encéphale ; les virus agissent principalement sur l'appareil nerveux dont ils troublent profondément les fonctions. Dans les cas de rage, où se manifestent le plus nettement les différences essentielles qui distinguent les virus des venins, si l'on tue un chien au paroxysme de sa fureur et que l'on en fasse l'autopsie, on ne découvrira que des injections sanguines dans les poumons et dans les papilles de la voie digestive. Après la mort du patient, homme ou animal, l'autopsie ne révèle — et encore pas toujours — qu'un ramollissement de la moëlle épinière et de la substance médullaire de l'encéphale ; mais ce ramollissement, fruit des violentes secousses imprimées au système nerveux pendant toute la durée de la maladie, est plutôt une lésion purement physique qu'une altération de la substance nerveuse, puisque celle-ci a conservé tous les éléments qui entrent dans sa composition chimique et n'a perdu que le mode d'agrégation moléculaire de ces mêmes éléments.

Les venins ne communiquent pas leurs propriétés spéciales aux tissus ou humeurs qu'ils ont altérés, et par conséquent l'inoculation de ces tissus ou humeurs sur un sujet sain reste sans effet. L'inoculation d'une infime partie des tissus ou humeurs d'un animal atteint d'un virus peut déterminer tous les symptômes morbides qui caractérisent ce virus.

L'effet des venins est toujours proportionnel à la quantité qui en a été absorbée ; rien encore n'a indiqué que le degré d'acuité des symptômes morbides propres à chaque virus dépendait de cette même loi.

Les venins tombent sous nos sens et peuvent être l'objet d'analyses ; les virus sont inaccessibles à nos sens, échappent à toute analyse, et leur essence est absolument inconnue.

Si un venin agit sur un individu d'une
certaine espèce d'animaux, il agira de même
sur tous les individus appartenant à cette
espèce. Il n'en est pas ainsi des virus. Leurs
effets ne se reproduisent ordinairement que
sur un nombre d'individus assez restreint.
Ainsi, par exemple, le virus rabique ne se
développe que sur le tiers des individus
mordus, et dans le cas de virus épidémique
le nombre des victimes du fléau est la plupart
du temps bien moins considérable.

L'invasion de la maladie suit toujours de
très près l'inoculation d'un venin, et la
maladie, grave ou non, selon la nature et la
quantité du venin absorbé, parcourt ses
périodes. La durée de l'incubation des virus
est beaucoup plus longue. Elle est d'environ
40 jours, en moyenne, pour le virus rabique.
Parfois elle se termine au 30ᵉ jour; parfois
elle se prolonge jusqu'à 6 et 7 mois, quelquefois plus loin encore. M. de M... nous
citait dernièrement trois cas de chiens où, à
sa connaissance personnelle, l'invasion de
la maladie ne s'était déclarée qu'après une
incubation de neuf mois pour l'un, de onze
mois pour un autre, et de treize mois pour le
troisième. Dans le grand Dictionnaire ency-

clopédique de médecine, publié il y a une cinquantaine d'années et rédigé par toutes les célébrités médicales de cette époque, on cite un cas où la durée de l'incubation a été de plus de *deux ans*.

Terminons ce parallèle entre les propriétés spéciales et si distinctes des venins et des virus en rappelant les deux suivantes, qui ont été souvent constatées. Les venins agissent sur les sujets atteints, soit que, pendant l'incubation, ils changent de résidence et de climat, soit qu'ils continuent d'habiter la même localité ; tandis que dans les cas de virus, et plus particulièrement dans ceux de virus épidémique, les changements de résidence et de climat favorisent l'action du virus, qui, sans ce déplacement, serait probablement resté à l'état d'incubation et d'inertie jusqu'au jour où la réaction des forces vitales l'aurait peut-être éliminé par la voie des organes excréteurs, jusqu'au jour où le fléau épidémique aurait disparu.

La comparaison que nous venons de faire des propriétés spéciales des venins et des virus nous conduit à cette conclusion : que les venins agissent plus chimiquement que physiquement sur l'organisme, et plus parti-

culièrement sur les tissus et humeurs que
sur l'appareil nerveux, tandis que les virus
agissent plus physiquement que chimiquement et plutôt sur l'appareil nerveux que
sur les tissus et humeurs. D'où il suit que les
réactifs chimiques peuvent être utiles dans
les cas de venin, si l'on y recourt à temps
opportun, parce qu'ils peuvent altérer la
composition chimique du venin et le rendre
dès lors inoffensif ; mais qu'ils sont contre-
indiqués dans le cas de virus, et parce que
l'expérience a toujours démontré leur ineffi-
cacité absolue, et parce qu'ils n'aboutiraient
qu'à aggraver l'état nerveux du patient.

Il est un procédé, tout physique, au moyen
duquel on peut neutraliser complètement
l'action et des venins et des virus les plus
actifs : c'est la cautérisation, par un fer
rouge, de la plaie où l'inoculation a déposé
le venin ou le virus, moyennant toutefois
que la cautérisation aura rigoureusement
rempli cette condition, d'avoir pénétré jusqu'au delà des points où l'agent morbifique
a été déposé par l'inoculation, et jusqu'au
delà des points où il se serait déjà propagé.
Que ce procédé soit infaillible, on le comprend
fort bien : le fer rouge a carbonisé et le venin

et les tissus qui le contenaient; et si la nature insaisissable du virus lui a permis d'échapper à une combustion, ce qui est peu probable, il n'en saurait être de même des tissus qui l'enveloppaient et qui, carbonisés, ne peuvent plus lui servir de véhicule pour se propager plus loin.

Mais la cautérisation, opérée à temps opportun et bien faite, serait-elle l'unique moyen de neutraliser l'action délétère d'un venin ou d'un virus inoculé dans une plaie *extérieure?* — Nous disons *extérieure*, car il est évident que si un venin avait été déposé sur la muqueuse, ou si un virus épidémique avait été entraîné dans les voies de la respiration, nulle cautérisation n'y serait praticable. — Nous avons peine à croire que ce procédé soit le seul qui puisse procurer la guérison, et nous voulons examiner si, en partant d'un nouvel ordre d'idées et de faits bien avérés, on n'arriverait pas logiquement à trouver un procédé plus simple, plus facile, plus complet qu'une cautérisation, et au moyen duquel on parviendrait à guérir tous les cas de venins et de virus.

Chez tout animal, tous les organes sont doués d'une force de réaction contre l'agent, quel qu'il soit, qui vient contrarier le jeu normal de leurs fonctions. Deux forces antagonistes sont alors en présence et entrent en lutte: d'une part l'agent perturbateur, d'autre part la réaction des fonctions vitales. Laquelle de ces deux forces l'emportera ? Evidemment celle qui jouira de la plus grande énergie.

Appliquons cette loi physique et physiologique aux cas de venins et de virus, et ne perdons pas de vue que les réactions organiques ne sont que l'effet des réactions encéphaliques, des phénomènes d'innervation.

Si l'agent perturbateur, venin ou virus, est, de sa nature, peu actif, par exemple, une piqûre d'abeille ou une épidémie de grippe, la réaction des fonctions vitales suffira, en l'absence de tout traitement, même de tous soins hygiéniques, pour en neutraliser l'action plus ou moins promptement et pour l'éliminer de l'économie par la voie des organes excréteurs.

Si l'agent perturbateur, par exemple la morsure de certain reptile ou le choléra, possède une grande énergie, la réaction normale des fonctions vitales pourra être insuffisante et les désordres causés dans l'organisme pourront être assez graves pour entraîner la mort.

Comment parviendrait-on, dans ce dernier cas, à prévenir cette fatale issue d'une lutte inégale entre les deux forces antagonistes ? La logique répond : en augmentant, dans les proportions voulues, l'intensité de la force de réaction des fonctions vitales, c'est-à-dire en augmentant artificiellement, si c'est possible, l'énergie des réactions encéphaliques et des phénomènes d'innervation.

La 3me question, posée plus haut et qui nous occupe en ce moment, se réduit donc à celle-ci : Existe-t-il des substances possédant la propriété d'exercer sur les nerfs périphériques certaines excitations qui, se propageant au cerveau sans y causer de trouble, détermineraient des réactions encéphaliques et des phénomènes d'innervation dont le mode et l'intensité accroîtraient l'énergie de la réaction des fonctions vitales dans la proportion voulue pour que celle-ci puisse dominer l'agent morbifique, le frapper d'inertie et l'expulser de l'économie ?

A cette question on peut faire, sans crainte d'erreur, une réponse affirmative, et citer plusieurs substances dont les propriétés spéciales consistent à exercer sur l'appareil nerveux des stimulations du plus heureux effet dans bon nombre de cas morbides. Nous avons rappelé quelques-unes de celles que la thérapeutique a depuis longtemps déjà reconnues au café. La récente expérience de M. Guyétant montre à quels nouveaux cas cette substance serait appliquée avec succès. On peut citer encore le thé et le coca du Pérou, dont le mode d'action sur le système nerveux paraît identique à celui du café. Bornons-nous à citer ces trois substances, tout en réservant le droit que d'autres auraient d'être comprises, à raison de leur mode spécial d'action sur l'appareil nerveux, dans la même catégorie que le café, le thé et le coca.

Examinons comment s'est comportée l'infusion de café que M. Guyétant a administrée à son chien. Elle n'a pu produire aucune action chimique sur les humeurs et tissus, ni, par conséquent, aucune altération de ceux-ci. Son action, purement physique, n'a consisté qu'en une certaine stimulation des papilles nerveuses de l'œsophage et de l'estomac, laquelle s'est propagée à l'encéphale qui l'a refoulée dans toutes les régions périphériques du système nerveux. De là, une plus grande intensité des phénomènes d'innervation et une réaction plus énergique des fonctions vitales, qui a eu pour effet de neutraliser l'action du venin, puis d'expulser celui-ci de l'économie.

Posons donc comme un fait acquis, et assurément renouvelable dans les mêmes conditions, la guérison d'un chien mordu par une vipère et traité par une forte infusion de café.

Serait-on fondé à espérer le même résultat en appliquant le même procédé aux divers cas de virus? C'est ce que nous voulons examiner aussi.

Nous pourrions citer deux cas graves de virus épidémique — le choléra — où, à notre connaissance personnelle, en 1854, une forte et abondante infusion de thé, administrée peu de temps après l'invasion de la maladie et alors que les malades, en proie à d'horribles souffrances, étaient persuadés qu'ils allaient y succomber, modéra presque immédiatement l'intensité des douleurs et tarda peu à les rendre supportables. Tout danger venait de disparaître; mais les douleurs, tout en s'affaiblissant graduellement chaque jour,

persistèrent durant environ trois semaines,
tant avait été grande la violence et des contractions du diaphragme et des secousses
imprimées aux viscères thoraciques et abdominaux.

Nous avons appris plus tard que des praticiens avaient, à cette même époque, été
très satisfaits de l'emploi soit du thé, soit du
café ; mais nous ignorons si l'on a jamais
fait l'essai de l'une ou de l'autre de ces
deux substances dans des cas de virus
rabique. Toujours est-il que, dans des cas
graves de virus épidémique, on peut aussi
poser comme fait acquis la guérison par le
café et le thé.

Nous sommes loin de prétendre que le
café et le thé guériraient tout aussi bien les
cas de virus rabique que ceux de virus épidémique. Nous croyons seulement que tout
espoir de succès n'est pas irréalisable et que
l'on ne doit pas dédaigner les expériences
qui fixeraient l'opinion à cet égard. Nous
allons appuyer ce sentiment sur quelques
nouvelles considérations.

Du moment où l'intervention d'un agent
chimique quelconque dans les cas de virus
rabique ferait plus de mal que de bien, il est

clair qu'il ne faut chercher l'antidote de la rage que dans la catégorie des stimulants dont l'intensité et le mode d'action sur le système nerveux produiraient les phénomènes d'innervation nécessaires pour accroître, dans une proportion voulue, l'énergie de la réaction des forces vitales. Il est évident que l'antidote ne sera trouvé que dans cette voie. Sera-t-il le café, le thé, le coca ou toute autre substance ? L'expérience l'indiquera.

Mais nous croyons devoir arrêter l'attention de nos lecteurs sur un point important. Nous avons dit plus haut que l'agent perturbateur et la réaction des fonctions vitales devaient être considérés comme deux forces antagonistes dont la lutte, quelquefois très longue, doit se terminer par la victoire de celle qui possède le plus d'énergie. Or, remarquons que tant que dure la lutte, c'est-à-dire tant que dure la période d'incubation du virus, les deux forces se tiennent en échec, presque en état d'équilibre ; que, par conséquent, il ne serait pas nécessaire de recourir à un stimulant d'une grande énergie pour accroître suffisamment la force relative de la réaction des fonctions vitales et pour assurer à celle-ci la prépondérance. Le stimulant le

plus efficace sera moins celui qui exercera
la plus forte stimulation sur l'encéphale que
celui qui produira le mode de réactions encéphaliques et d'innervations le mieux appro-
prié à l'état morbide particulier que déter-
mine la présence du virus. C'est avec raison
que l'on peut dire ici que la qualité doit être
préférée à la quantité.

La preuve que, dans les cas de virus
rabique, les deux forces antagonistes sont
à peu près à l'état d'équilibre, se déduit de
ce fait bien avéré, que tantôt c'est l'une,
tantôt c'est l'autre qui finit par triompher.
Le plus souvent même c'est la réaction des
fonctions vitales qui l'emporte sur son adver-
saire, puisque, dans les cas de virus rabique,
il n'y a que le tiers des individus mordus
qui soient atteints de la rage, et que, dans
les cas de virus épidémique, le nombre des
victimes du fléau est ordinairement dans des
proportions beaucoup plus faibles.

Il conviendrait de s'entendre sur le sens
de ces mots : les symptômes de la rage
n'éclatent que sur le tiers des individus
mordus. Beaucoup de personnes, et même
d'auteurs, pensent que si la rage ne se
déclare pas chez les deux autres tiers, c'est

parce que le virus aurait été retenu par les vêtements ou les poils, ou absorbé par les tissus organiques des plaies précédemment faites. Nous ferons observer qu'en accueillant cette explication on se contenterait d'une simple hypothèse. Est-il bien sûr qu'il ne reste absolument plus de virus après des dents qui ont traversé les vêtements ou les poils du sujet mordu? Est-il bien sûr que les dents déposent dans une seule plaie toute la substance virulente dont elles étaient enduites, et qu'elles n'en aient pas conservé quelques atomes qui suffiraient pour inoculer la rage dans de nouvelles plaies? Enfin peut-on supposer que, dans l'état d'extrême surexcitation où se trouve un chien au paroxysme de la rage et où la sécrétion virulente est le plus abondante et active, les dents, toujours en contact avec la muqueuse et la langue, ne puissent y puiser une quantité de virus suffisante pour chaque morsure nouvelle, quelque bref que soit l'intervalle de temps qui séparerait deux morsures successives?

C'est ailleurs qu'il faut chercher la cause pour laquelle l'invasion de la maladie suit ou ne suit pas l'inoculation du virus. Voici,

non pas des hypothèses, mais des faits empruntés aux cas de virus épidémique, qui
nous montrent cette cause exclusivement
dans la constitution nerveuse propre à
chaque individu.

Tous les individus vivant dans la localité
où vient s'abattre une épidémie respirent le
même air, dans lequel le principe virulent
dont il est le véhicule s'est distribué à l'état
de parfaite diffusion. Il est incontestable que,
chez tous sans exception, l'inhalation de cet
air dans les voies respiratoires y a introduit,
en même quantité, le virus épidémique. Si
l'intoxication a été tout à la fois générale,
simultanée et d'égale intensité, comment
donc se fait-il que le fléau manifeste son
action sur la population d'une manière aussi
différente ? que chez les uns l'invasion de la
maladie suive de très près l'intoxication ?
que chez d'autres elle apparaisse après une
période d'incubation plus ou moins longue ?
enfin, que chez le plus grand nombre le virus
reste indéfiniment à l'état d'incubation latente,
frappé d'inertie par une résistance qu'il n'a
pu vaincre et qui a persisté jusqu'à la disparition du fléau ? Est-il possible de s'expliquer
ces faits, ces grandes différences dans la

durée de la période d'incubation, autrement que par les différences que présentent et les constitutions nerveuses individuelles, et, par suite, les phénomènes d'innervation propres à chacune d'elles ?

Résumons-nous en quelques lignes.

La guérison radicale et si rapide — environ 50 minutes — du chien de M. Guyétant n'a pas d'autre cause qu'une modification opérée par le café dans l'état nerveux de cet animal, modification qui a eu pour effets des réactions encéphaliques et des phénomènes d'innervation d'une nature toute spéciale et appropriés aux besoins de la force de réaction des fonctions vitales, de telle sorte que celle-ci pût paralyser l'action du venin.

Cette heureuse modification apportée par le café dans l'état nerveux se reproduirait-elle avec les mêmes résultats dans les cas de virus ?

Nous avons cité deux cas graves de virus épidémique — le choléra — où l'intervention du thé, un succédané du café, a fait disparaître presque immédiatement tout danger d'une mort très prochaine en calmant l'extrême violence des symptômes de la maladie et des douleurs qui les accompagnaient. Nous avons dit aussi que quelques praticiens avaient également été très satisfaits de l'emploi du café. En ce qui concerne le virus rabique, le café ou ses succédanés reproduiraient-ils les mêmes résultats? On peut l'espérer, par voie d'induction; mais aucune expérience directe n'autorise encore à l'affirmer. La seule chose qui puisse être affirmée, c'est que l'antidote de la rage ne saurait se trouver en dehors des modificateurs de l'état nerveux. Quel sera celui que l'on devra définitivement considérer comme un spécifique de la rage? Sera-ce le café, le thé, le coca ou toute autre substance dont les propriétés spéciales seraient encore inconnues? Des expériences comparatives le révèleront.

Nous terminerons en engageant les personnes qui voudraient répéter l'essai du procédé de M. Guyétant sur des chiens mordus par une vipère ou par un chien enragé, à ne pas faire usage du premier café venu, trop souvent plus ou moins avarié, mais d'un café pur de toute avarie et qui ait conservé l'intégrité des propriétés stimulantes, astringentes et antiseptiques que possède à un degré remarquable cette précieuse substance.

www.ingramcontent.com/pod-product-compliance
Ingram Content Group UK Ltd.
Pitfield, Milton Keynes, MK11 3LW, UK
UKHW020110100726
13658UKWH00005B/2085